1

Dechreuodd y cyfan pan aeth teledu Nain Llwyn Helyg ar y blinc. Siapiau gwyrdd rhyfedd yn nofio ar draws y sgrin ar ganol *Emmerdale*.

'Isio testio'i llgada mae hi,' meddai Dad. 'Mae hi angen sbectol newydd.'

'Mi oedd hi'n darllen *Y Cymro* hefo chwyddwydr wsnos dwytha,' meddai Ned a llond ei geg o Goco Pops.

Fel pe bai sylw felly i fod i helpu neb 'te? Y cwbwl oedd o'n ei wneud oedd ychwanegu at yr hyn oedd y teulu i gyd yn dechrau ei ofni, sef bod Nain Llwyn Helyg yn ddall neu'n dw-lal neu'r ddau. Wel, dydi hi ddim. A dweud y gwir, mae Nain yn wariar. Yn gallach na'r blincin lot ohonyn nhw hefo'i gilydd.

'Ella sa well i ni fynd â hi i Specsavers,' meddai Ned a llwyaid arall o Goco Pops yn nofio rhwng bresys ei ddannedd. Edrychai fel jac codi baw yn crensian pridd, neu dwrch daear yn cnoi'i ffordd at yr wyneb.

Jelygaid!

Sonia Edwards

Lluniau Siân Smith

Gomer

Cyhoeddwyd gyntaf yn 2011 gan
Wasg Gomer, Llandysul, Ceredigion, SA44 4JL.
www.gomer.co.uk

ISBN 978 1 84851 423 2

Noddwyd gan Lywodraeth Cymru.

Dymuna'r cyhoeddwyr gydnabod cefnogaeth
Adrannau Cyngor Llyfrau Cymru.

Argraffwyd a rhwymwyd yng Nghymru gan
Wasg Gomer, Llandysul, Ceredigion.

'Cau dy geg frown hyll,' medda finna. 'Dim ond esgus ydi hynna i ti gael mynd i'r hen siop gemau cyfrifiadur 'na eto i wastraffu pres.'

'O leia dwi ddim yn ei wastraffu o ar ryw hen flodau gwirion i'w rhoi yn fy ngwallt,' meddai Ned yn slei. 'Fel tasa un blodyn yn mynd i wneud gwahaniaeth. Mi fasat ti'n dal i edrych fel buwch hyd yn oed tasat ti'n prynu llond gardd . . .'

'Mam! Dudwch wrtho fo . . .'

Ochneidiodd Mam fel pe bawn i newydd ofyn iddi ddatrys holl broblemau'r byd a'r gofod a thu hwnt, lle bynnag mae fanno. Planedau eraill a ballu. Mam, plîs wnewch chi fynd i sortio'r problemau diweithdra yn Plwto. Fuasai waeth i mi fod wedi dweud hynny ddim.

'Elin, jyst anwybydda fo, wnei di. Does dim rhaid i chi'ch dau fod mor wirion â'ch gilydd, nac oes?'

Derbyniais hynny fel compliment. Hynny yw, fy mod i'n gallach na Ned. Roedd yna ateb clyfar ar fin llithro oddi ar flaen fy nhafod i eto ond sylwodd Mam arna' i. Cyfrais i ddeg. Erbyn hyn roedd Ned wedi gorffen ei Goco Pops ac yn slyrpian y llefrith brown o waelod y ddysgl.

'Iawn, ta,' meddai Dad, yn plygu'i sbectol ac yn ei stwffio hi i boced frest ei grys – arwydd bob amser bod yna rywbeth ar y gweill a'i fod o ar fin mynd i rywle ar frys, ac os oedd unrhyw un isio mynd hefo fo roedd yn well iddyn nhw 'siapio' – 'mae'n well i chi i gyd ei siapio hi os ydach chi'n dŵad hefo fi i Fangor!'

'Pwy sydd am glirio'r llestri brecwast?' holodd Mam. 'Fedran ni ddim jyst codi oddi wrth y bwrdd . . .'

'Mi helpith Elin chdi,' meddai Dad. 'Mi a' inna i ffonio Nain i weld ydi hi isio dŵad hefo ni. Awn ni â hi i'r siop sbectols 'na tra fyddan ni yno.'

Diflannodd i'r stafell fyw i ffonio a llithrodd Ned yn llechwraidd oddi wrth y bwrdd a'i ddilyn cyn i neb allu gofyn iddo fo helpu hefyd. Taflodd ryw olwg 'ha ha' dros ei ysgwydd arna' i a dechreuais gyfri eto. I gant y tro yma.

Erbyn i Mam a fi glirio'r cyfan i'r peiriant golchi llestri (wel, roedd hyn yn dal yn fwy nag a wnaeth Dad a Ned, yn doedd?), roedd Dad yn ei ôl a golwg boenus ar ei wyneb.

'Nain ddim isio dŵad,' meddai.

'Rhyfedd,' meddai Mam. 'Dydi hi ddim fel Nain Llwyn Helyg i wrthod jolihoet i nunlla.'

'Be 'di "jolihoet"?' holodd Ned.

'Trip i rywle,' medda fi.

Tynnodd Ned ei dafod allan arna' i dim ond am fy mod i'n glyfrach na fo. Babi. Penderfynais nad oeddwn i ddim yn mynd i wylltio. Wedi'r cyfan, roeddwn i'n ddeuddeg oed, bron yn dînejyr, ac yn dipyn mwy aeddfed na deg oed plentynnaidd Ned. Anodd credu mai dim ond blwyddyn arall oedd ganddo fo i fynd nes y byddai yntau'n dod i fyny i'r ysgol uwchradd lle roeddwn i. AAAAA!

'Mi alwan ni yn Llwyn Helyg ar y ffordd,' meddai Dad. 'Dim ond i weld ydi hi'n ocê.'

Roeddwn i'n falch ei fod o wedi dweud hynny. Roedd Mam yn hollol iawn. Roedd yna rywbeth od iawn nad oedd hwyliau mynd i grwydro ar Nain.

2

'Sut fedra' i adael y tŷ a'r bobol llgada jeli 'na wedi dweud eu bod nhw'n dod yn eu holau pnawn 'ma?' meddai Nain.

Edrychodd Dad arni'n hurt fel pe bai hi newydd ei daro hefo sosban.

'Ydach chi wedi bod yn cymryd eich tabledi, Nain?' gofynnodd Mam.

10

'Ella mai wedi cymryd gormod ohonyn nhw mae hi,' awgrymodd Dad. 'Dyna pam ei bod hi wedi dechrau gweld pethau.'

'Mi ydw i'n dal yma,' meddai Nain, 'a dydw i ddim yn fyddar, hyd yn oed os ydach chi'n meddwl fy mod i'n mynd o 'ngho.'

Da iawn, Nain!

'Does yna neb yn dweud eich bod chi'n mynd o'ch co' . . .' Ond doedd Mam ddim yn edrych fel pe bai'n siŵr iawn o ddim erbyn hyn.

'Faint o'r gloch ddywedon nhw eu bod nhw'n dod, Nain?' gofynnodd Ned yn garedig. Trodd pawb i edrych arno'n syn fel pe baen nhw newydd gofio'i fod o yn y stafell.

'Paid â'i gwneud hi'n wirionach, bendith tad i ti,' chwyrnodd Dad. 'Pobol jeli, wir! Be' nesa? Be' ydyn nhw, jeli bebis wedi dianc o'r paced ac wedi tyfu'n fawr a dechrau siarad, ia?'

Roedd o'n dechrau colli arni, ond fel'na bydd Dad pan fydd rhywbeth tu hwnt i'w ddeall o.

'*Llgada* jeli sgynnyn nhw,' meddai Ned. 'Dyna ddywedoch chi, yntê Nain? Pobol hefo *llgada* jeli?'

'Ia, 'ngwas i,' atebodd Nain gan anwesu gwallt Ned yn annwyl. 'Mae'n dda fod yna *rywun* yn fy nghredu i.' Edrychodd yn slei arna' innau wrth roi pwyslais ar y 'rhywun' gan wybod y byddwn i'n ochri hefo hi'n syth wedyn. Unrhyw beth rhag i Ned gael y sylw i gyd.

'Dwi'n eich credu chi hefyd, Nain,' medda finna mewn llais bach, er nad oeddwn i ddim. Ond roedd hynny'n well na'i gadael hi hefo neb ond Ned i'w hamddiffyn hi yn erbyn y byd mawr.

Edrychodd Nain ar Mam a Dad yn fuddug- oliaethus. Edrychodd Ned arna' i mewn peth edmygedd fy mod i'n fodlon credu rhywbeth mor lloerig. Roedd hi'n wahanol iddo fo. Hogyn bach oedd o, yn casglu pryfed genwair fel hobi ac yn dal i gredu yn Siôn Corn. Erbyn meddwl, roedd hi'n gwbl naturiol i Ned gredu rwtsh am bobol hefo llygaid jeli yn dod i weld Nain. Ond fi? Hoeliodd Dad ei lygaid arna' i mewn anobaith a gofyn wedyn, mewn llais dipyn cleniach:

'O ble mae'r bobol 'ma'n dod? O bell?'

'Allan o'r teledu!' meddai Nain yn bendant.

Mi wnaeth Ned, hyd yn oed, anadlu'n ddwfn pan ddywedodd hi hynny. Chwarae teg i Dad, mi oedd o reit amyneddgar o dan yr amgylchiadau.

'O, wela' i,' meddai, er ei fod o'n gweld llai

na thwrch daear hefo sbectol haul, 'rhywbeth rydach chi wedi'i weld ar y teledu ydi o, ia? Pobol mewn ffilm? Disgwyl am gael eu gweld nhw ar y rhaglen 'ma pnawn 'ma ydach chi?'

Roedd tinc gobeithiol yn ei lais ond roedd Nain yn syllu'n ddwys arno fo, fel pe bai hi'n hollol gall a Dad wedi dechrau mynd yn gaga.

'Mi wyt ti'n iawn ynglŷn â'r tabledi cricmala 'na, Eirlys,' meddai Dad wrth Mam. 'Maen nhw'n rhy gryf o lawer iddi.'

'Mi ffonia' i Doctor Dyfan ben bore dydd Llun,' meddai Mam.

Roedd y ddau'n sibrwd hefo'i gilydd er ein bod ni i gyd yn clywed popeth roedden nhw'n ei ddweud. Roedd hi fel bod mewn *sitcom*. Ond roedd hyn yn digwydd go iawn a neb yn siŵr beth i'w wneud nesaf nes dywedodd Nain:

'Fasai hi ddim yn well i chi fynd am Fangor, dudwch, neu fydd y siopau i gyd wedi cau.' Jôc oedd hi i fod achos doedd hi'n ddim ond deg o'r gloch yn y bore. Ond wnaeth neb chwerthin rhyw lawer.

'Dwi ddim am ddod hefo chi,' meddai Ned yn sydyn. 'Dwi am aros hefo Nain.'

'Da'r hogyn!' meddai Nain gan roi'i braich am ei ysgwydd ac edrych yn ddisgwylgar arna' i.

Roedd hyn yn anodd. Roeddwn i'n cael fy nhynnu rhwng mynd i Fangor a chael prynu colur ac addurniadau gwallt, ac aros yn gwmni i Nain, nad oedd wedi bod yn 'hi ei hun' yn ddiweddar.

'Be' sgynnoch chi i ginio?' medda fi.

'Caws ar blât,' atebodd Nain fel siot, yn gwybod i'r dim sut i'm perswadio i'n syth.

Caws ar blât. Fy ffefryn i. Dim ond gan Nain oedd Ned a fi'n cael hwnnw. Caws wedi'i sleisio nes ei fod o'n cuddio wyneb y plât i gyd, ac yna'i roi i doddi o dan gril poeth nes ei fod o'n codi'n swigod. Wedyn byddai Nain yn codi'r caws oddi ar y platiau chwilboeth a'i roi ar frechdan hefo sos coch! Bendigedig. Doedden ni byth yn cael bwyta caws fel'na adra gan Mam rhag ofn i ni losgi ar y platiau poeth ac am fod yna ormod o fraster hefo'i gilydd mewn un pryd.

'Ocê ta,' medda fi, 'mi arhosa' inna hefo Nain hefyd.'

'Eitha peth, am wn i,' cytunodd Dad, cyn i Mam gael cyfle i wneud ei hwyneb 'O, na! Caws ar blât!' 'Fyddan ni ddim yn hir.'

'O, peidiwch â rhuthro'n ôl,' meddai Nain, 'mi fyddan ni'n tri'n iawn. Ac os daw'r bobol llgada jeli erbyn cinio mi gawn nhwtha gaws ar blât hefyd!'

Dim ond fi welodd yr arswyd yn llygaid Mam wrth i Dad ei llywio hi drwy'r drws.

3

Mi eisteddon ni i gyd o flaen y teledu hefo hambwrdd bob un, a bwyta'r caws ar blât ar ein gliniau. Dyna oedd yn braf am fynd i dŷ Nain. Cael gwneud pethau nad oedden ni'n cael eu gwneud adra gan Mam. Byddai wedi gwaredu pe bai hi wedi ein gweld ni. 'Wrth y bwrdd mae bwyta prydau!' Ond doedd hi ddim yn gallu ein gweld, nac oedd? Dechreuodd Ned wneud brechdan hefo'i gaws meddal oedd yn sos coch drosto a rhoi winc ar Nain. Winciodd hithau yn ôl wrth ymbalfalu i lawr ochr y soffa yn chwilio am y remôt.

'Dydi'r rhaglen yma ddim yn ddigon lliwgar,' meddai. 'Ddôn nhw ddim os na fydd yna liwiau.'

Edrychodd Ned a fi ar ein gilydd. Un peth oedd gweld Nain yn cael hwyl am ben Mam a Dad – a ninnau o ran hynny! – hefo'i jôc am y bobol llygaid jeli ond roedd pethau'n mynd yn rhy bell erbyn hyn. Roedd hi'n ymddangos pe bai hi wir yn credu yn y bobol ryfedd 'ma.

'Dyna welliant. Mi wneith hwn y tro,' meddai Nain, ac eistedd yn ôl yn gyfforddus i gyfeiliant miwsig rhyw raglen goginio.

Eisteddais innau ac ymlacio wrth i lond sosban o gawl gwyrdd lenwi sgrin y teledu.

'Ewadd, dwi'n falch fy mod i wedi gwrando ar gyngor eich tad pan brynish i'r set deledu 'ma,' meddai Nain. 'Homar o lun da arni. Mae hi fel petai'r cawl yna yn y stafell hefo ni!'

Roedd hi'n iawn. Roedd y llun yn ofnadwy o glir. Oedd, wir. Mor glir â phe bai . . . Na! Doedd o ddim yn bosib.

'Nain!' gwaeddodd Ned. 'Y cawl gwyrdd! Mae o'n llifo allan o'r teledu!'

Roedd Ned yn iawn, diolch byth. Roeddwn i'n meddwl fy mod i'n breuddwydio, yn dechrau gweld pethau. Diolchais mai Ned soniodd am y peth yn gyntaf. Roedden ni'n dau'n eistedd yno'n gegrwth yn gwylio'r hylif gwyrdd yn diferu ar y carped. Ond roedd Nain yn eistedd yno'n hollol hamddenol fel pe bai hi wedi gweld y cyfan sawl gwaith o'r blaen. Roedd y llun ar sgrin y teledu'n toddi i gyd ac yn llifo i'r stafell.

'Rydan ni'n mynd i foddi mewn cawl!' gwaeddodd Ned mewn panig. 'Nain, gwnewch rywbeth!'

'Nid y cawl ydi o, siŵr,' meddai Nain. 'Gwylia di'n ofalus rŵan.'

Roedd Nain yn iawn. Roedd hwn yn lliw gwyrdd llawer mwy llachar na'r cawl oedd yn y sosban gynnau. Roedd o'n debycach i liw leim neu bys ffres o'r ardd. Ac roedd o'n sgleinio fel rhyw fath o gynj – neu jeli! Ia, dyna sut oedd o'n edrych. Fel jeli gwyrdd heb setio. Eisteddodd Ned a fi â'n cegau'n agored led y pen fel pe baen ni'n trio dal pryfed. Daliai Nain i wenu.

'Dyma nhw,' meddai hi'n fodlon. 'Mi ddywedais i y basen nhw'n cyrraedd tua'r adeg yma. Ogla'r caws wedi'u denu nhw, siŵr o fod!'

Wrth i'r stwff gludiog, jelïaidd lifo o'r teledu

mi ddechreuodd ffurfio'n beli bach crwn tebyg i lygaid. Tyfodd y llygaid goesau a chyrff a chyn pen dim roedd yna lond stafell o greaduriaid gwyrdd. Wel, pedwar, a bod yn fanwl gywir, ond roedd hynny'n fwy na digon. Beth bynnag oedd y tric roedd Nain yn ei chwarae arnan ni, roedd o'n goblyn o un da.

'Rydach chi jyst mewn pryd i gael platiad o gaws,' meddai Nain yn ddigyffro.

'Na-în!' meddai'r talaf o'r creaduriaid â'i lygaid jelïaidd yn crynu i gyd. Roedd o'n rhoi pwyslais hir ar yr 'i' fel yn 'cwîn' neu 'farjarîn'. Rhoddodd ei ddwylo hir hefo'i gilydd ac ymgrymu fel maen nhw'n ei wneud mewn gwersi karate. A kung-fu. O, na, doedden nhw ddim yn mynd i ddechrau cwffio hefo ni, gobeithio?

Er syndod i Ned a minnau, cododd Nain a'u cyfarch nhw yn yr un modd. Rhoi'i dwylo hefo'i gilydd ac ymgrymu.

'Dyma fy ŵyr, Ned, a fy wyres, Elin,' meddai Nain.

'Ned,' meddai'r creadur, fel pe bai'n trio blasu'r gair. 'El-în.' Yr 'i' hir yna eto.

Bowiodd Ned, a'i lygaid yn grwn yn ei ben, bron mor grwn â llygaid jeli'r bobol wyrdd.

'Elin,' meddai Nain. 'Deud "helô" wrthyn nhw!'

Ceisiais innau wneud yr un peth ag y gwnaeth Ned gynnau. Rhoi fy nwylo hefo'i gilydd fel pe bawn i ar gychwyn gweddi ac ymgrymu. Plygodd y pedwar creadur hefo'i gilydd fel un. Roedd yna ogla melys drwy'r ystafell erbyn hyn, ogla nid annhebyg i jeli gwyrdd, a dweud y gwir. Ogla reit ddymunol.

'Ogla jeli arnyn nhw,' meddai Ned, gan ddweud yr union beth oedd ar fy meddwl i.

'Eu llygaid nhw sy'n jelïaidd,' atebais innau. 'Mae gweddill eu cyrff nhw'n llyfn fel croen neidr.'

'Jelygaid!' meddai Ned.

Edrychodd y Jelygaid o'r naill i'r llall, a sylweddolais yn sydyn eu bod nhw'n gwybod ein bod ni'n siarad amdanyn nhw. Yna camodd y Jelygedyn mwyaf yn ei flaen ac estyn ei fysedd hir i gyfeiriad Nain. Roedd o'n fy atgoffa i o igwana. Roedd ganddo geg digon tebyg i un hefyd, ei wefus ar siâp gwên fach barhaol. Oherwydd hynny doedd gen i ddim cymaint o ofn bellach.

'Wyt tî wed-î penderfynu, Na-în?' Roedd o'n ynganu pob 'i' yn hir mewn llais canu isel oedd yn gwneud i mi feddwl am wynt ysgafn yn tynnu'i fysedd trwy'r gwair hir ar lannau Nant Helyg. Llais braf. Llais yn gwneud i chi fod isio gwrando arno fo.

'Ydw,' meddai Nain. 'Dim ond nôl fy nghôt. Ydach chi'n dod, blant?'

'I ble, Nain? Be' mae o'n ei feddwl? Penderfynu be'?'

'Llawer o gwest-î-ynau, El-în,' meddai'r Jelygedyn tal hefo'i hanner gwên.

'Maen nhw'n siarad Cymraeg!' sibrydodd Ned, yn fwy wrtho'i hun nag wrth neb arall, fel pe bai hynny ddim ond newydd ei daro.

'Maen nhw'n medru pob mathau o ieithoedd,' eglurodd Nain. 'Ffrangeg, Almaeneg, Hindwstani. Hyd yn oed Saesneg os wyt ti'n pwyso arnyn nhw, ond dydyn nhw ddim yn rhy hoff o wneud hynny. Y llafariaid yn brifo'u tafodau, meddan nhw.'

Roedd Nain fel petai'n gwybod llawer iawn am y Jelygaid. Llawer gormod. Oedd hyn yn golygu eu bod nhw wedi bod yn ymweld â Llwyn Helyg ers tro a hithau heb sôn dim tan rŵan? Dechreuais deimlo dipyn yn anghysurus. Oedd y Jelygaid wedi bod yn cynllwynio ers tro i gipio Nain? Un peth oedd yn sicr erbyn hyn – roedden nhw'n bod. Nid pobol ddychmygol ym mhen Nain oedden nhw. Roeddwn i a Ned yn dystion i hynny bellach. Doedd Nain, druan, ddim yn mynd o'i cho' felly. Dim ond un posibilrwydd arall oedd yna – ein bod ni'n tri yn mynd o'n coua' hefo'n gilydd!

'Wel?' gofynnodd Nain eto. 'Ydach chi'ch dau am ddod hefo ni?'

Roedd hi wedi gwisgo'i chôt yn barod ac yn stwffio pethau i'w phocedi – pethau oedd yn edrych yn debyg i becynnau o hadau llysiau. Edrychodd Ned a minnau ar ein gilydd. Doedd dim byd arall amdani. Pe na fydden ni'n mynd hefo Nain, doedd wybod beth fyddai'n digwydd iddi. Doedd gennyn ni ddim dewis. Anadlais yn ddwfn a sylweddoli fy mod innau wedi dechrau crynu fel y Jelygaid eu hunain. Nodiais fy mhen ar Ned a nodiodd yntau'n ôl.

'Ydan, Nain,' medda fi'n sionc er bod fy stumog i'n swp sâl ac yn corddi fel peiriant gwneud smŵddis. 'Fasen ni byth yn gadael i chi fynd ar eich pen eich hun hefo giang o greaduriaid gwyrdd sy'n gwenu fel igwanas, siŵr iawn! Na fasen, Ned?'

Ond chafodd Ned ddim cyfle i ateb.

4

'Rhaid i ni eu dilyn nhw a mynd yr un ffordd ag y daethon nhw,' meddai Nain.

'Be', trwy'r teli?' medda fi'n anghrediniol. Wn i ddim pam fy mod i mor anghrediniol chwaith, erbyn meddwl. Os oedd yna greaduriaid jeli yn glanio yn nhŷ Nain ac yn siarad Cymraeg hefo pawb, wel, roedd unrhyw beth yn bosib.

'Tel-î,' meddai'r Jelygedyn mawr a phwyntio at sgrin fflat Nain. Roedd y bobol oedd yn cyflwyno'r rhaglen goginio'n dal wrthi ac yn mwydro erbyn hyn am sut i dorri nionod heb grio. Roedd gweddill y Jelygaid – nad oedden nhw wedi yngan yr un gair hyd yn hyn – yn gwylio'r cyfan â diddordeb mawr.

'Mae o isio i ni roi'n traed i mewn yn y teledu,' eglurodd Nain.

Edrychodd Ned arni'n amheus.

'Ydach chi wedi gwneud hyn o'r blaen, Nain?'

Atebodd hi ddim, dim ond gwylio'r Jelygaid lleiaf yn rhoi eu traed trwy'r sgrin. Wrth i droed dde'r Jelygedyn cyntaf gyffwrdd y sgrin, roedd yn troi'n hylif ac yn cael ei sugno i mewn i grombil y teledu. Doedd dim o'i ôl wedyn. Diflannodd ymysg y nionod ar y rhaglen goginio a doedd sgrin y teledu ddim mymryn gwaeth. Gwnaeth yr ail Jelygedyn yr un peth, a'r trydydd. Yr eiliad roedd eu traed yn cyffwrdd y sgrin cawsant eu sugno i ganol y llun a diflannu.

'Na-în?' meddai'r Jelygedyn mwyaf a oedd yn dal ar ôl hefo ni, a phwyntio i gyfeiriad y teledu.

'Nain! Peidiwch!' galwodd Ned mewn panig sydyn ond roedd hi'n rhy hwyr. Cododd Nain ei throed yn ufudd draw i gyfeiriad y sgrin ac mewn chwinciad roedd hithau wedi'i thynnu i ganol y rhaglen goginio fel darn o fflyff yn cael ei sugno gan hwfer.

Doedd yna ddim byd amdani rŵan ond dilyn. Ond roedd gen i ofn. Gafaelais yn dynn yn llaw Ned – y tro cyntaf i mi ddymuno gwneud hynny ers pan oedd o tua thair oed. Roedd y Jelygedyn yn sefyll tu ôl i ni. Codais fy nhroed yn gyndyn. Roedd gen i ofn gweld fy esgid yn mynd trwy'r sgrin fflat fregus a chwalu'r cyfan. Ond nid dyna ddigwyddodd. Cyn i flaen fy nhroed gyffwrdd yn y teledu roedd hi'n suddo i mewn i rywbeth meddal, rhyfedd, fel pe bawn i'n pwyso yn erbyn

24

matras heb waelod. Roedd fy nhroed yn suddo, suddo. Roeddwn at fy mhen-glin, a chyn i mi lawn sylweddoli, roeddwn i wedi rhoi'r droed arall i mewn hefyd. Dilynodd gweddill fy nghorff a doedd gen i ddim rheolaeth arna' i fy hun. Roeddwn yn cael fy nhynnu i lawr ac i lawr, i rywle meddal ac ogla melys arno fo. Roedd hi'n union fel cael fy sugno i grombil rhyw farshmalo mawr pinc. Roedd o'n deimlad reit braf heblaw fod yna rywbeth a deimlai fel crafanc cranc yn gwasgu fy llaw. Ac yna sylweddolais mai llaw Ned oedd hi ac yntau ofn gollwng gafael.

Roedd y glanio fel suddo'n ddyfnach i mewn i'r marshmalo. Llyfais fy ngwefusau ac roedd blas siwgwr arnyn nhw. Pan arhoson ni o'r diwedd ar ryw fath o glustog anferth, tebyg i gastell bownsio, roedd Nain yno o'n blaenau ni, yn gorwedd yn ôl yn braf, yn union fel pe bai hi'n gorffwys ar soffa. Roedd ei gwallt hi dipyn blerach nag arfer, fel pe bai hi wedi bod yn cerdded drwy'r gwynt, ond ar wahân i hynny, doedd hi ddim yn edrych yn ddim gwahanol. Tu ôl i mi, a gwên ar ei wyneb, yn gorwedd ar wastad ei gefn, roedd Ned. Roedd o wedi colli un o'i sgidia. Anadlais yn ddwfn. Roedd yr awyr o'n cwmpas ni'n drymaidd a melys, fel ogla stondin candi-fflos mewn ffair.

5

Mynnodd y Jelygedyn mwyaf ein tywys o gwmpas y dref, neu beth bynnag oedd y lle hwn. Gofynnodd Ned yr union gwestiwn oedd ar fy meddwl i.

'Lle 'di fama? Lle ydan ni? Ai planed arall 'di hon?'

Edrychodd y Jelygedyn yn gymysglyd ar Nain fel pe bai Ned wedi siarad yn rhy gyflym iddo fedru'i ddeall o'n iawn. Roedd hi'n amlwg fod Nain wedi arfer cynnal sgwrs hefo fo ac yn cael dim trafferth cyfathrebu. Dywedodd rywbeth wrthi'n llawn synau 'î' rhyfedd a hithau'n ymddangos fel pe bai hi'n deall i'r dim. Trodd aton ni.

'Mae o isio dangos ei wlad i chi,' meddai Nain.

Dyna oedd o'n ei galw hi, 'gwlad' yn hytrach na phlaned arall. Doedden ni ddim yn y gofod felly? Ches i ddim cyfle i holi mwy oherwydd roedd Nain wedi cydio ym mreichiau Ned a fi, ac mi ddilynon ni'r Jelygedyn oddi ar y marshmalo mawr. Roedd hi'n anodd cerdded gan fod ein traed fel pe baen nhw'n suddo i'r stwff sbwnjlyd. Roedd hi hyd yn oed yn anos i Ned a chanddo ddim ond un esgid.

Ymhen dim, cyrhaeddon ni ryw fath o lôn galed. Roedd gro mân ar ei hwyneb. Stopiodd Ned i dynnu'i esgid gan gwyno fod un o'r cerrig wedi mynd iddi. Wrth iddo dynnu'r garreg fe'i daliodd o dan ei drwyn a'i sniffian.

'Ned, be' ti'n neud?'

Ond nid atebodd. Yn hytrach rhoddodd ei dafod allan a'i llyfu.

'Ned, y mochyn!' medda fi. 'Dwyt ti ddim yn gwbod lle mae'r garreg 'na wedi bod . . .'

Ond doedd o ddim yn gwrando. Plygodd i godi carreg fach arall a'i chynnig i mi.

'Petha da ydyn nhw,' meddai, a'i lygaid yn pefrio. 'Fferins. Darnau bach tebyg i india-roc bob lliw. Blasa hi.'

Wn i ddim beth ddaeth drosta' i. Faswn i byth fel arfer wedi meiddio gwneud y fath beth. Ond doedd hyn ddim yn arferol, nag oedd? Rhoddais y garreg fach liwgar yn fy ngheg ac oedd, roedd hi'n union fel lwmp o dda-da. Wrth i ni gerdded yn ein blaenau roedd popeth yn felys ac yn gwbl fwytadwy. Blasai dail y coed fel siocled. Wel, dyna oedden nhw, am wn i. Darnau tenau, crensiog o siocled blas mint. Roedd pob blodyn a deilen felly, yn lolipop neu'n ddarn o gandi. Roedd ansawdd gwahanol i bopeth – y dail yn crensian, y gwair fel licrish a'r cerrig yn galed ac yn mynnu eich bod yn eu cadw'n hir ar eich tafod er mwyn iddyn nhw doddi'n araf. Roedd ambell flodyn yn ffisian ar eich tafod ac yn diflannu'n sydyn, gan adael blas sierbet ar ei ôl. Aeth y ddau ohonom yn wirion yn blasu popeth ac roedd y Jelygedyn yn ein hannog i brofi cymaint ag y gallen ni. Er bod gwahanol ansawdd i bethau roedd un peth yn gwbl amlwg – roedd popeth yma'n felys. Ar ôl ychydig, dechreuais deimlo'n sâl. Roedd golwg rhyw fymryn yn wyrdd ar Ned hefyd erbyn hyn.

'Feddyliais i erioed y baswn i'n dweud hyn,' meddai Ned, 'ond dwi wedi cael llond bol ar bethau da rŵan.'

'A finna,' atebais.

Roeddwn i'n ysu am damaid o gaws neu frechdan i dynnu blas yr holl felysion.

'Oes yna gaffi yma, Nain?' holodd Ned.

'Dwyt ti erioed yn llwglyd, a chditha wedi cael llond bol o ginio cyn dod, a'r holl betha da yna wedyn!' meddai Nain.

'Wedi cael gormod o bethau melys ydw i,' cwynodd Ned. 'Does yna ddim byd yma ond melysion.'

Trodd Nain aton ni'n dau a gostwng ei llais.

'Yn union,' meddai. 'Does ganddyn nhw ddim byd arall yma i'w fwyta ond pethau melys, 'dach chi'n gweld. A dyna pam ddaeth y Jelygaid i chwilio amdana' i. Ogleuo fy mwyd i wnaethon nhw – lobsgows a chaws wedi toddi a ballu. Maen nhw isio i mi roi gwersi coginio iddyn nhw er mwyn iddyn nhw gael bwyd iach. Maen nhw wedi cael cymaint o siwgwr maen nhw'n dechrau troi'n felysion eu hunain. Pe baech chi'n bwyta'u bysedd nhw neu flaenau eu trwynau nhw mi fasen nhw'n blasu fel jeli bebis go iawn!'

Taflodd y Jelygedyn gipolwg dros ei ysgwydd ac roedd rhywbeth tebyg i fraw yn ei lygaid.

'Fasen ni ddim yn breuddwydio gwneud y fath beth, wrth gwrs,' ychwanegodd Nain yn frysiog mewn llais uchel, ond roedd y Jelygedyn yn dal i edrych yn nerfus ac yn cadw cryn bellter oddi wrth y tri ohonon ni am sbel wedyn.

'Pam chi?' meddai Ned wedyn. 'Mae miloedd o bobol yn coginio pethau fel lobsgows bob dydd. Pam eich dewis chi?'

'Rhywbeth i'w wneud hefo'r teli newydd yna,'

meddai Nain. 'Yn lle esgyrn a gwaed fel ni, sensors bach trydan sydd tu mewn i'r bobol yna, tebyg i'r tu mewn i deledu.'

'Be'? Oes gan bob Jelygedyn deledu tu mewn iddo?' gofynnais.

'Teli jeli!' chwarddodd Ned, ond mi edrychodd y Jelygedyn yn hyll arnon ni am yr eildro.

'Paid â'i wylltio fo,' medda fi, 'rhag ofn iddo fo bwdu a gwrthod mynd â ni 'ni'n ôl adra.'

Ond roedd gan Ned ormod o ddiddordeb yn y Jelygaid i wrando arna' i. Hoeliodd ei lygaid ar Nain eto a disgwyl iddi barhau â'r esboniad.

'Wel,' meddai Nain, 'yn ôl yr hyn dwi'n ei ddeall, mi dderbynion nhw signal croes o fy nheledu i pan oedd yna raglen goginio ymlaen.'

'Fel heddiw?' holodd Ned.

'Ia, fel heddiw. Yn ystod rhaglenni coginio fyddan nhw'n dod bob tro, er eu bod nhw wedi drysu i ddechrau pan oedd dynas y caffi ar *Emmerdale* yn cynhesu pei cyw iâr a ham. Beth bynnag, pan aeth eu signal nhw'n groes a'u hudo nhw i mewn i fy nheledu i, roedd gen i lobsgows yn ffrwtian ar y stof ar yr un pryd. Roedden nhw wedi gwirioni'n lân ar yr ogla da. Dyna pam maen nhw isio dysgu gwneud yr un peth.'

'Ond Nain,' medda fi, 'sut fedran nhw wneud lobsgows yn fama? Does ganddyn nhw ddim tatws na moron.'

'Na nionod,' ychwanegodd Ned yn gymwynasgar. Sgyrnygais arno. Ond gwenodd Nain yn rhadlon a rhoi'i llaw yn ei phoced.

'Dyna pam ddois i â'r rhain,' meddai.

Yr hadau. Nionod a moron. Wnes i ddim gofyn am datws, heb sôn am gig. Doedd trio llusgo buwch i stafell fyw Nain a'i pherswadio i roi ei charnau blaen trwy'r teledu ddim yn syniad roeddwn i isio'i blannu ym mhennau Nain a Ned. Mi sticiwn i at blannu hadau am y tro. Ond roedd yna broblem arall reit amlwg, hyd y gwelwn i. Doeddwn i ddim isio lluchio dŵr oer dros bethau a ninnau ar ganol y fath antur ond roedd yn rhaid i mi ddweud, yn doedd?

'Nain,' medda fi. 'Dim ond un peth. Sut blannwn ni'r hadau? Does gan y Jelygaid ddim pridd!'

6

Doedd neb wedi meddwl am hynny. Ddim hyd yn oed y Jelygaid hefo'u holl sensors a'u weiars yn lle brêns cyffredin fel ni. Plygodd Nain a chodi tamaid o'r glaswellt licrish. Crafodd o gwmpas a chasglodd ddyrnaid o grisialau bach pinc.

'Ti'n iawn, Elin,' meddai Nain. 'Siwgwr ydi hwn i gyd!'

Daliodd y Jelygedyn ei ben ar un ochr fel bydd ci yn ei wneud pan fydd o'n trio deall rhywbeth newydd.

'Iiiiiiiiii!' meddai'n sydyn. Ac yna'n uwch, 'Iiiiiiiiii!'

'Be' sy'n bod arno fo?' meddai Ned mewn braw. 'Sgynno fo boen yn ei fol neu rywbeth?'

'Synnwn i ddim,' atebais i, 'os ydi o'n byta'r holl sothach yma bob dydd. Poen bol a'r ddannodd!'

'Sshh!' meddai Nain. 'Crio mae o.'

Ac yn wir, dyna'n union oedd y Jelygedyn yn ei wneud. Powliai dagrau mawr o jeli gwyrdd, meddal i lawr ei ruddiau a setio'n syth wrth iddyn nhw ddisgyn wrth ei draed. Edrychai'n union fel pe bai o'n crio pethau da. Cododd ei ddwylo igwana rhyfedd a chuddio'i wyneb.

'Bechod,' meddai Nain. 'Mae o'n torri'i galon, 'y ngwas i, am na cheith o ddim lobsgows.'

'Fasa hi ddim yn haws i chi roi gwadd iddo fo i swper, Nain?' medda fi. 'Ar noson lobsgows. Mi fasa fo'n cael peth wedyn.'

Trio helpu oeddwn i, ond edrychodd Nain arna' i'n ddiamynedd braidd.

'O, Elin, dwi'n synnu atat ti,' meddai. 'Fasai hynny ddim yn ateb, siŵr.'

Gwenodd Ned ryw hen wên fach fodlon am fy mod i'n amlwg wedi dweud y peth anghywir. Roedd arna' i isio rhoi clustan iddo fo, yn enwedig pan ddywedodd o mewn llais angylaidd:

'Rhowch bysgodyn i ddyn ac fe rowch fwyd iddo am ddiwrnod. Dysgwch iddo sut i bysgota ac fe rowch ddigon o fwyd iddo am oes.'

Roeddwn i'n syfrdan.

'Lle clywaist ti hynna?'

'Gwasanaeth boreol yn yr ysgol,' meddai Ned.

'Hogyn da wyt ti, Ned, yn gwrando ar dy athrawon,' meddai Nain. 'Ac rwyt ti'n hollol iawn. Fasai rhoi un pryd o lobsgows ddim ond yn codi blys am fwy. Rhaid dysgu'r Jelygaid sut i ymdopi ar eu pennau eu hunain.'

Grrrrrrrrr!

'Mi fydd yn rhaid i ni fynd yn ôl i gasglu pridd,' meddai Ned, yn gwneud ati er mwyn plesio Nain.

'Casglu pridd? Ond . . .'

Doedd yr un o'r ddau'n gwrando arna' i bellach.

'Mae gen i fagiad o gompost yn y sied,' meddai Nain.

'Sî-ed,' meddai'r Jelygedyn, a oedd wedi stopio cnadu ar ôl clywed efallai bod modd achub ei sefyllfa wedi'r cwbwl. Pinsiais innau fy hun rhag ofn fy mod i'n breuddwydio'r cyfan. Yn anffodus, doeddwn i ddim. Dechreuais ddifaru nad oeddwn wedi mynd i Fangor wedi'r cyfan.

7

Roedd y syniad o fynd yn ôl adra i dŷ Nain trwy sgrin y teli a thrio llusgo bagiad o gompost yn ôl i wlad y Jelygaid hefo ni yn dasg oedd yn ymddangos yn anhygoel, os nad yn amhosib.

'Arhosa di yma hefo gweddill y Jelygaid os nad oes gen ti awydd dod hefo ni,' meddai Ned, a sglein ddireidus yn ei lygaid. Roedd o'n gwybod yn iawn na fyddwn i ddim yn aros ar fy mhen fy hun mewn lle mor od.

'Sut mae mynd yn ôl?' gofynnais, achos doedd yna ddim golwg o deledu yn unman i ni gael rhoi'n traed drwyddo. Ond roedd Nain eisoes wedi gafael yn nwylo Ned a fi. Gafaelodd y Jelygedyn yn ein dwylo rhydd. Roedd ei law o'n ludiog yn union fel jeli. Daeth yr ogla melys yna ohono eto, ogla siwgwraidd. Ond roedd yna rywbeth yn annwyl yn ei wyneb bach igwana a'r geg a edrychai fel pe bai hi'n gwenu'n barhaus. Fedrwn i ddim ei ofni o rywsut. Bechod, meddyliais, wrth i mi sylwi ar ddeigryn bach jeli oedd wedi glanio ar fawd ei droed ac wedi fferru'n un lwmp bach crwn fel jeli-tot.

Roedd y pedwar ohonom yn sefyll mewn cylch yn cydio yn nwylo'n gilydd. Caeodd y Jelygedyn ei lygaid a gwneud sŵn hymian yng nghefn ei wddw tebyg i gath yn canu grwndi. Yna agorodd un lygad a nodio ar Nain.

'Mae o isio i ni ymuno hefo fo,' meddai Nain.

Felly dyna wnaethon ni. Hymian yn ein gyddfau fel cathod yn gorwedd yn yr haul â llond eu boliau o hufen. Yn sydyn, tyfodd yr hymian yn uwch, fel pe bai hofrennydd wedi glanio yn ein plith. Roedd gen i ofn agor fy llygaid i edrych. Yna fe ddechreuon ni droi a throi fel pe baen ni wedi cael ein llusgo i ganol twmpath dawns. Rownd a rownd a rownd a . . . thwmp! Glaniais ar rywbeth esgyrnog ond hefo darnau meddal ynddo. Ned.

'Symud!' meddai'n biwis. Roedden ni ar y llawr yn stafell fyw Nain. Roedd Nain ei hun wedi glanio'n dwt ar ei phen-ôl ar y soffa ac yn eistedd yno'n ddel fel pe na bai wedi symud oddi yno drwy'r pnawn. Roedd hi'n amlwg fod y Jelygedyn wedi trefnu hynny rywsut.

Edrychais o 'nghwmpas yn methu'n lân â chredu fy mod i wedi cyrraedd yn ôl yn saff. Yna sylwais ar y cloc. Munud wedi un o'r gloch. Ond pan sylwais ar yr amser cyn i ni fynd drwy'r teledu am wlad y Jelygaid, un o'r gloch oedd hi. Doedd bosib nad oedden ni ond wedi bod oddi cartref am un funud yn unig! Sylwodd Nain ar fy mhenbleth wrth fy ngweld yn taflu cipolwg at y cloc.

'Mae munud i ni yn awr yn eu gwlad nhw,' esboniodd Nain.

Roedd hynny'n egluro'r cyfan – pam fod y rhaglen goginio'n dal ymlaen ar y teledu, pam nad oedd Mam a Dad yn eu holau o Fangor.

'Reit,' meddai Nain. 'Awn ni am y sied!'

Diflannodd Nain gyda'r Jelygedyn ar ei sodlau. Roeddwn i'n dechrau teimlo'n fwy cenfigennus o hwnnw nag oeddwn i o Ned. Roedd Nain fel petai wedi cael hyd i ryw ŵyr coll o rywle – un hefo wyneb igwana ac ogla jeli arno fo – ac roedd hwnnw rŵan yn cael y sylw i gyd. Edrychodd Ned a fi ar ein gilydd ac roedd hi'n amlwg ei fod yntau'n dechrau meddwl yr un peth. Estynnodd ei law i fy helpu i godi, rhywbeth diarth ond braf. Ned yn cynnig fy helpu! Roedd hwn yn troi'n ddiwrnod i'w gofio go iawn.

Pan gyrhaeddon ni'r sied roedd yr igwana (sori, y Jelygedyn) wrthi'n busnesa ymysg pentwr o hen botiau blodau. Cododd un a'i wisgo fel het. Ond llithrodd y pot i lawr dros ei lygaid ac aeth i banig.

Dechreuodd Ned a fi chwerthin yn afreolus ond meddai Nain yn reit siarp:

'Helpwch y creadur, da chi, yn lle chwerthin am ei ben o!'

O'r diwedd cafodd Nain hyd i'r compost. Roedd o'n fag reit fawr a doeddwn i ddim yn edrych ymlaen at drio'i lusgo fo i'r tŷ, heb sôn am ei halio fo drwy sgrin y teledu. Ond wrth i Nain a'r Jelygedyn ffurfio cylch o amgylch y bag ac estyn eu dwylo aton ni, sylweddolais nad drwy'r teledu oedden ni am fynd, ond yn ôl yr un ffordd ag y daethon ni.

Fyddai mynd â buwch hefo ni er mwyn gael cig i'r lobsgows ddim wedi bod mor anodd wedi'r cwbwl, meddyliais. Mi ddechreuon ni hymian.

8

Lwcus fod Nain a'r Jelygedyn wedi meddwl rhoi
fforch a rhaw yng nghanol y cylch cyn i ni ddod
yn ein holau neu fasai gennyn ni ddim byd hefo
ni i blannu'r hadau. Roedd Nain wedi cofio am
ei menig garddio hefyd. Edrychodd y Jelygedyn
ar y rhain â diddordeb mawr. Cydiodd ynddynt
ond roedd ei fysedd hirion yn gwrthod ffitio.

'Mi fasai hwn wrth ei fodd hefo bocs o hen
ddillad i chwarae gwisgo!' sibrydodd Ned.

Roedd o'n dweud y gwir. Mwya'n byd roedden
ni yn ei gwmni roedden ni'n dod yn fwy hoff
ohono. Roedd rhywbeth yn blentynnaidd iawn
yn y ffordd roedd o'n ymateb i bethau newydd.
Dechreuais ddeall pam fod Nain wedi dod mor
hoff ohono a'i wên fach barhaus. Yn sydyn
tynnais y sgarff ariannaidd oedd gen i rownd fy
ngwddw a'i chlymu am wddw'r Jelygedyn.
Roeddwn i wedi sylwi ar y ffordd hiraethus y
syllai arni, ac roedd hi'n amlwg ei fod o'n hoff o
bethau sgleiniog. Mi faswn i'n taeru fod ei wên

wedi mynd yn lletach. Plethodd ei fysedd hirion amdani a dechreuodd ei lygaid droi'n hylifog eto.

'Dî-olch, El-în,' meddai, a gwenodd Nain. Roeddwn innau wedi ei phlesio hi hefyd.

'Crafwr!' hisiodd Ned yn fy nghlust. Ond nid dyna pam rois i'r sgarff iddo. Daeth rhywbeth drosta' i, rhyw gymysgedd o bechod drosto fo ac o gyfeillgarwch tuag ato. Oedd, roedd y Jelygedyn yn greadur digon hoffus yn fy ngolwg erbyn hyn.

'Mae'n well i ni chwilio am lecyn go hwylus i ddechrau plannu,' meddai Nain.

'Oes gynno fo ardd?' holodd Ned.

Rhoddodd y Jelygedyn y gorau i fyseddu'i sgarff newydd yn reit gyndyn a gwneud arwydd i ni ei ddilyn. Roedd Ned yn cario'r compost, finna'r fforch a Nain yn dal y menig a'r pecynnau hadau. Gwnaeth Ned ati i wneud sŵn tuchan a chwythu bob yn ail er mwyn i ni i gyd ddeall faint o gam roedd o'n ei gael wrth orfod cario'r peth trymaf un. O'r diwedd mi gyrhaeddon ni dŷ bach crwn tebyg i swigen a safai mewn gardd â'i llond o rywbeth tebyg i siwgwr pinc, yr un stwff siwgwraidd y sylwon ni arno o dan draed ym mhob man yn fuan wedi i ni gyrraedd y wlad od yma. Rhoddodd Ned ei lwyth trwm i lawr yn ddiolchgar.

'Iawn ta, Ned, gwagia dipyn o hwn i fama rŵan i ni gael dechrau rhoi trefn ar y plannu,' meddai Nain.

Syllodd y Jelygedyn mewn braw pan welodd y stwff priddlyd brownddu yn gorchuddio darn mawr o'r pridd siwgwr pinc del.

'Iiiiii!' gwichiodd. 'Iiiiii!'

'Dydi o ddim yn edrych yn rhy awyddus erbyn hyn,' medda fi.

'Dydi o'm wedi arfer gweld baw,' meddai Ned.

'Gwahanol iawn i ti!'

'Nid dyma'r amser i ddechrau ffraeo a phryfocio'ch gilydd,' dwrdiodd Nain. 'Dydan ni ddim isio rhoi mwy o ofid i'r creadur yma.

Ac yn wir, roedd y Jelygedyn yn hopian yn aflonydd o un goes i'r llall ac yn plethu'r sgarff yn nerfus rhwng ei fysedd hirion. Gwenodd Nain yn glên arno ac ysgwyd y pecyn hadau.

'Pam ydach chi'n ysgwyd hwnna yn ei wyneb o, Nain? Nid bwji ydi o!' meddai Ned yn biwis.

'Trio'i gael o i ddeall be' ydan ni'n bwriadu'i wneud,' meddai Nain yn amyneddgar (ac roedd angen amynedd erbyn hyn – hefo'r ddau ohonyn nhw) a phwyntio at lun y nionyn ar y pecyn hadau.

Decheuodd y Jelygedyn wneud sŵn crio a sniffian a rhwbio'i lygaid.

'Ydach chi'n siŵr nad ydach chi wedi ypsetio mwy arno fo?' holais inna, wrth i'r Jelygedyn ddal ati i sychu'i lygaid a phwyntio at y llun o'r nionyn ar yr un pryd.

Yna clywais Nain yn chwerthin. Roedd y Jelygedyn yn gwenu'n wirion erbyn hyn ond yn dal i wneud stumiau dwl a chogio crio wrth bwyntio at y nionyn. Deallais ar amrantiad. Trio dweud oedd y Jelygedyn fod nionod yn gwneud i lygaid pobol ddyfrio. Nid crio oedd o! Roedd o'n cofio'r eitem ar y rhaglen goginio gynnau am dorri nionod, mae'n rhaid. Ymunais innau yn y chwerthin. Roedd hwn yn dipyn o gês wedi'r cyfan.

Ymhen hanner awr roedden ni wedi plannu rhesi taclus o lysiau o flaen y tŷ swigen. Diflannodd y Jelygedyn a dychwelyd hefo rhywbeth tebyg i debot mawr. Gwenodd Nain.

'Da iawn,' meddai wrtho, 'mae hi'n bwysig rhoi dŵr i'r hadau er mwyn iddyn nhw dyfu.'

Yna digwyddodd y peth rhyfeddaf. Dechreuodd egin bychain bach wthio'u ffordd drwy'r gymysgedd o siwgwr a chompost. Byddai'n cymryd dyddiau cyn i dyfiant fel hwn ymddangos yn ein gardd ni. Ond wrth i ni wylio'n gegrwth, ymwthiodd yr egin i'r wyneb a thyfu o flaen ein llygaid. Roedd hi fel gwylio cartŵn o Jac a'r Goeden Ffa. Roedd nionod a moron a dail letys yn codi o'n cwmpas ym mhobman. Chwarddodd y Jelygedyn wrth i ddail mintys ddechrau cosi bodiau'i draed o ac roedd aroglau'r tyfiant newydd, ffres yn goglais ein ffroenau ni.

'Waw!' chwibanodd Ned.

'Gwych,' meddai Nain.

Sylweddolais innau fod yr holl gysyniad o amser yn wahanol iawn yma. Roedd Nain wedi ei deall hi. Doedd awr ddim yn awr yma, na diwrnod yn ddiwrnod. Roedd popeth yn digwydd yn gyflymach rywsut. Yn y diwedd, rhoddais y gorau i bendroni dros y peth. Roedd y cyfan wedi digwydd mor sydyn – ymweliad y Jelygaid â thŷ Nain, y daith yma, nôl y stwff garddio o'r sied, cyrraedd drwy'r teledu, dychwelyd gyda chymorth rhyw fath o gylch hud. Oeddwn i mewn breuddwyd? Rhoddais y pinsiad arferol i mi fy hun eto a gwingo wrth weld – a theimlo – ôl coch ar fy mraich. Oedd, roedd hynna'n brifo go iawn. Ac yn fwy na hynny, roeddwn i'n gallu arogli pethau'n glir – ogla siwgwraidd y pridd pinc yn gymysg â chompost tywyll Nain, ogla melys yr holl le yma. O, ac ogla Ned yn chwysu chwartiau ar ôl cario'r sach ond does dim angen meddwl gormod am hynny. Roedd fy holl synhwyrau'n berffaith effro – gweld, clywed, arogli, teimlo, a hyd yn oed blasu ar ôl fy ngwneud fy hun yn sâl ar y melysion di-rif.

'Hei, sbia!' Roedd pwniad sydyn yn fy asennau gan Ned yn fy atgoffa ymhellach nad breuddwyd oedd hon. 'Mae'r llysiau'n barod!'

Rhwbiais fy llygaid. Roedd o'n dweud y gwir. Nid dim ond egin oedd yn y pridd erbyn hyn ond planhigion cyfan. Moron bach oren del, nionod, ffa, pys. Roedd y llain fach o dir lle buon ni'n plannu'r holl hadau funudau'n unig yn ôl wedi troi'n ardd lysiau ryfeddol. Cyn i ni sylweddoli beth oedd yn digwydd roedd yna hanner dwsin o'r Jelygaid â basgedi yn casglu'r llysiau hefo'u bysedd hirion. Roedd ein ffrind ni, y Jelygedyn mawr, wedi diflannu i rywle ond ddim am yn hir. Daeth yn ei ôl hefo basged, ond wnaeth o ddim ymuno yn y casglu. Roedd ei fasged o'n llawn o rywbeth eisoes. Camais ymlaen er mwyn busnesu. A dyna lle roedden nhw, llond basged o gerrig lliwgar, crisialaidd a'r rheiny'n wincio ac yn sgleinio fel basgedaid o fodrwyau.

'Waw,' sibrydodd Ned. 'Mae yna werth arian yn y fasged 'na. Diemwntiau, saffirs, rhuddemau. Mae o fel trysor môr-ladron!'

Am unwaith, roeddwn i'n cytuno. Roedd disgrifiad Ned yn berffaith. Roedd cynnwys y fasged ryfeddol hon yn debyg i lond cist o drysor. Dechreuon ni wylio'n gegrwth wrth i'r Jelygedyn dynnu'r cerrig o'r fasged fesul un. Roedd o'n ofalus ac yn araf wrth ei waith, ac roedd y cerrig yn fawr, rhai ohonyn nhw fel wyau. Ond roedden nhw i gyd yr un siâp, yn esmwyth a hirgrwn. Pentyrrodd y Jelygedyn y cerrig a'u gosod mewn cylch. Daeth y Jelygaid eraill i sefyll o'u cwmpas a daeth sŵn hymian o'u gyddfau oedd yn gwneud i mi feddwl am degell yn berwi. Yn araf bach dechreuodd y cerrig gochi a phoethi fel darnau o lo. Gallwn deimlo'r gwres yn dod ohonyn nhw er fy mod i'n sefyll tu allan i gylch y Jelygaid. Ac yna digwyddodd rhywbeth arall.

Agorodd drws y tŷ swigen gerllaw. Roedd dau Jelygedyn ychydig llai na'r gweddill ac yn felynach eu lliw – dwi'n meddwl mai efeilliaid oedden nhw, a dweud y gwir – yn llusgo rhywbeth trwy'r drws. Rhyw fath o grochan. Roedd y crochan hefyd yn sgleinio. Roedd popeth yn y lle hwn yn ddisglair ac yn hynod liwgar. Yn ormod felly. Teimlais fod gen i gur pen yn cychwyn yn araf tu ôl i fy llygaid. Dechreuodd y Jelygaid roi eu basgedi llawn i lawr ac agor y cylch nes ei bod hi'n amlwg mai eu bwriad oedd berwi rhywbeth yn y crochan ar y tân cerrig.

'O, na,' gwichiodd Ned, 'maen nhw am ein bwyta ni!'

'Callia,' medda fi. 'Ti wedi bod yn darllen gormod o'r comics gwirion 'na!' Ond rhaid i mi gyfaddef fod gen innau deimlad ofnus ym mêr fy esgyrn.

Yn sydyn cydiodd y Jelygaid yn Nain a'i thynnu'n nes at y tân. Dyna pryd symudais i.

'Na! Gadewch lonydd iddi! Dowch â Nain yn ôl!'

Safodd y Jelygaid yn stond. Roedd pobman yn od o dawel a llonydd. Yr unig sŵn oedd y clecian o'r tân gemog. Yna daeth sŵn arall – sŵn byrlymus fel dŵr yn gyrglo mewn peipen. A sylweddolais wedyn beth oedd o. Sŵn chwerthin. Roedd y Jelygedyn mawr yn chwerthin. Roedd o wedi gweld fy mod wedi dychryn, ond yn lle gollwng braich Nain roedd o wedi dechrau chwerthin. O un i un dechreuodd y Jelygaid eraill ymuno yn yr hwyl. Roedd o'n dwrw digri fel clywed degau o bibelli yn chwistrellu dŵr yr un pryd. Yna trodd Nain i edrych ar Ned a fi. Roedd hithau'n chwerthin hefyd! Roedd dagrau wedi dechrau powlio i lawr bochau'r Jelygaid fel pe bai'r holl beipiau dŵr gwyrdd 'ma'n dechrau gollwng a byrstio. Roedd pawb ohonyn nhw wedi mynd yn hollol bananas, gan gynnwys Nain. Ned oedd y person

callaf oedd yno ac roedd hynny'n ofid ynddo'i
hun. Daeth y cur pen o'r tu ôl i fy llygaid a
meddiannu fy nghorff i gyd ac aeth popeth yn
amryliw, yn biws, ac wedyn yn ddu.

9

Pan ddes i ataf fy hun roedd y cur wedi diflannu. Roedd yna glustog meddal o dan fy mhen ac ogla hyfryd yn llenwi fy ffroenau. Nid ogla melys ond ogla cartrefol. Ogla bwyd. Ogla tŷ Nain. Ogla lobsgows!

Am rai eiliadau, meddyliais fy mod i'n ôl adra ac mai breuddwyd oedd y cyfan, ond sylweddolais fod ogla'r lobsgows yn gymysg ag ogla melys, siwgwraidd gwlad od y Jelygaid. Roeddwn i'n dal yno.

Codais ar fy eistedd yn araf. Oedd, roedd y cur pen rhyfedd wedi gwella, diolch byth. Gallwn glywed synau chwerthin a siarad yn dod o bell yn ogystal â rhyw fath o gerddoriaeth yn llawn clychau fel y teclynnau sŵn mae pobol yn eu rhoi mewn gerddi i daro yn erbyn ei gilydd yn y gwynt.

'Ti'n iawn, Els?' holodd Ned. Chwarae teg iddo fo. Roedd o wedi aros wrth fy ymyl, mae'n rhaid, yn disgwyl i mi ddeffro.

'Ydw, diolch. Wel, ydw, dwi'n meddwl . . .'

'Wedi gorflino oeddet ti, medda Nain.'

'Nain! Lle mae hi . . ?' Cofiais am y tân a'r crochan.

'Mae Nain wrth ei bodd,' meddai Ned a phwyntio i gyfeiriad y sŵn.

A dyna lle roedd hi, a ffedog fawr amdani, yn chwifio llwy bren uwch ben crochan y Jelygaid. Edrychais ar Ned am eglurhad. Mae'n rhaid fod golwg gymysglyd arna' i oherwydd mi ddechreuodd chwerthin.

'Nid isio berwi Nain yn y crochan oeddan nhw, na ninnau chwaith, yr het!'

'Be' ta?' Am ryw reswm, doeddwn i ddim yn credu y byddai fy nheimladau cyfeillgar tuag at fy mrawd yn para'n hir.

'Isio i Nain wneud cawl llysiau yn y crochan oeddan nhw, siŵr iawn!'

Yna cofiais. Yr hadau. Yr egin. Y llysiau yn y basgedi. Teimlais braidd yn wirion. Wrth gwrs. Onid dyna oedd diben a phwrpas yr holl beth? Cael Nain i'w dysgu sut i goginio? Yn ôl Ned, roeddwn i wedi colli golygfa anhygoel. (Fel pe na bawn i wedi gweld digon o'r rheiny'n barod!) Roedd y Jelygaid, medda fo, wedi gosod y crochan ar y cerrig rhyfeddol. Wedyn, yn sydyn, ymddangosodd enfys, a oedd, yn ôl Ned, yn disgleirio'n fwy nag enfys arferol. (Wel, wrth gwrs!) Diflannodd troed yr enfys i mewn i'r crochan a throi'n llifeiriant o ddŵr glân, pur.

'Enfys? Yn troi'n ddŵr?'

'Ia. Roedd o'n bril.' Roedd Ned yn amlwg yn mwynhau ailadrodd yr hanes, ac wrth ei fodd ei fod o'n gwybod mwy na fi – am unwaith. Aeth yn ei flaen.

'Mi lenwodd y crochan hefo dŵr ac mewn eiliadau roedd o'n berwi ffwl sbîd. Dyma Nain yn dweud wrthyn nhw am baratoi'r llysiau. Welais i neb yn agor codau pys pys mor gyflym. Roedd y bysedd hir 'na sgynnyn nhw fel melinau gwynt bach, wir i ti.'

Pobol handi fasai'r Jelygaid 'ma i helpu i dacluso stafell wely rhywun, meddyliais, heb sôn am olchi llestri a gorffen gwaith cartref. Roedd hi fel pe bai Ned wedi hanner darllen fy meddwl oherwydd ychwanegodd: 'Mi fasai Mam yn eu gweld nhw'n rhai da i'w helpu hefo'r cinio dydd Sul!'

Yn sydyn, daeth bloedd o ganol y gweith-garwch.

'Ne–ed! Ne-ed!' Rhywun yn dal ei lafariaid yn hir. Ein ffrind y Jelygedyn mawr.

'Rhaid i mi fynd,' meddai Ned. 'Dwi wedi addo helpu hefo'r salad.'

'Salad?'

Ond roedd Ned eisoes wedi troi ar ei sawdl a'm gadael yn gorwedd ar fy nghlustogau fel tywysoges mewn stori dylwyth teg. Codais yn araf oddi ar y gwely isel. Roedd yr awel yn gynnes ac ysgafn, yn cario ogla'r bwyd tuag ata' i. Sylweddolais fy mod yn eitha llwglyd erbyn hyn. Roedd hi'n amlwg fy mod wedi bod yn gorwedd ar ryw fath o wely yng ngardd y tŷ bybl crwn, ddim yn rhy bell oddi wrth y gweddill. Dilynais yr arogleuon coginio a gweld fod y Jelygaid – a Ned – wedi gosod byrddau hir a chadeiriau ar hyd y stryd, a baneri bach trionglog lliwgar yn chwifio yn yr awel fel rhes o loÿnnod byw ar lein ddillad.

'El-în!' meddai'r Jelygedyn mawr, yn amlwg wrth ei fodd fy mod i'n dal ar dir y byw.

'Elin!' meddai Nain fel eco – ond hefo llai o bwyslais ar yr 'i'. 'Wyt ti'n teimlo'n well? Doeddet ti ddim wedi bwyta llawer o ginio, nac oeddet? Mi landiodd y Jelygaid ar ein traws ni braidd. Yli, tyrd i eistedd fan hyn i gael powlennaid o hwn.'

Rhoddodd gawl llysiau o fy mlaen. Roedd y Jelygaid eisoes yn eistedd wrth y byrddau ac yn bwyta'n awchus.

'Mi ddaru nhw drio defnyddio marshmalos fel crŵtons,' meddai Nain, 'ond maen nhw wedi deall o'r diwedd na fedran nhw ddim rhoi petha melys mewn lobsgows. Bechod. Mae 'na waith dysgu arnyn nhw.'

Roedd blas da ar y cawl oherwydd fod blas da ar bopeth mae Nain yn ei goginio, chwarae teg, ond doedd o ddim cystal â'i lobsgows arferol hi. Dipyn yn droednoeth heb gig. Penderfynais mai'r peth callaf oedd dweud dim am hynny, achos doedd lladd a blingo anifeiliaid ddim yn apelio ata' i ryw lawer. A beth bynnag, sut basen ni'n cael gafael arnyn nhw?

Ymddangosodd Ned yr eiliad hwnnw hefo platiad anferth o salad. Roedd o wedi bod yn greadigol iawn yn torri'r tomatos yn siapiau blodau a sêr.

'Waw, Ned, lle ddysgist ti wneud petha fel'na?'

'O, ym . . . mae o'n reit hawdd unwaith rwyt ti'n dechrau arni,' meddai, a daliais un o'r Jelygaid yn rhoi winc arno. Roeddwn i'n amau ei fod o wedi cael mymryn o help!

Daeth Nain draw aton ni ac eistedd hefo'i chawl. Roedd golwg fodlon iawn arni ond synhwyrais ei bod hi'n eitha blinedig erbyn hyn. Doeddwn i ddim yn synnu. Wedi'r cyfan, dydi neiniau ddim i fod i hedfan drwy'r gofod i blannu nionod, nac'dyn? Beth bynnag, roedd yna ogla da arall wedi dechrau llenwi'r awyr – ogla crasu cynnes. Yn union fel . . . na, doedd hi ddim yn bosib. Ond roedd o yno'n bendant, yn plethu'n braf hefo arogleuon cawl Nain. Ogla bara'n pobi. Sylwodd Nain arna' i'n sawru'r awyr fel ci llwglyd a gwenu.

'Ia, ti'n iawn,' atebodd, heb i mi hyd yn oed ofyn y cwestiwn. 'Roedden nhw'n ffansïo rhyw glwff o fara bob un i'w ddowcio yn y cawl. Cyfuniad perffaith, os wyt ti'n gofyn i mi. Cawl a bara ffres. Maen nhw'n gwybod be' sy'n dda!'

'Ond Nain, dydach chi ddim yn eu dysgu nhw i bobi hefyd, nac ydach? Doedd gynnon ni ddim blawd na dim . . .'

Sychodd y geiriau ar fy ngwefusau wrth i mi edrych i fyny a gweld barclod mawr gwyn Ifan Huws, y pobydd lleol, o fy mlaen.

'Ifan Siop Fara!' ebychodd Ned. 'Be' mae o'n ei wneud yma?'

'Fi ddywedodd wrthyn nhw am bicio adra i'w nôl o,' meddai Nain yn siriol, fel pe bai hi'n sôn am frwsh llawr neu dun bîns yn hytrach na bod dynol o gig a gwaed o blaned arall. Ein planed ni. Roedd hynny wedi fy atgoffa innau am adra hefyd. Faint o'r gloch oedd hi erbyn hyn? Doedd gen i ddim syniad. Roeddwn i wedi colli gafael ar amser. Pa ddiwrnod oedd hi hefyd? O, ia, dydd Sadwrn. Y dydd Sadwrn yr oeddwn i fod i fynd i Fangor i siopa. Fyddai Mam a Dad yn eu holau erbyn hyn, ynteu ai am funudau yn unig y buon ni yma, yn hytrach nag oriau?

'Nain,' medda fi, 'fedrwch chi ddim jyst eu hanfon nhw adra i nôl pobol! Mi fydd eu teuluoedd nhw'n chwilio amdanyn nhw . . .'

'Twt,' atebodd Nain, 'fydd yr un ohonon ni yma'n ddigon hir i hynny, siŵr. Mae Ifan wedi dangos iddyn nhw sut i bobi rŵan, ac wedi dweud wrthyn nhw sut i dyfu gwenith i gael blawd ac ati. Mi fyddan nhw'n hunangynhaliol cyn pen dim, gei di weld. Mi fyddan nhw'n cael cinio dydd Sul ac ati fel ninnau. Cig oen a mintys a grefi a . . .'

'Cig oen? Ond . . .'

Cyn i mi gael cyfle i orffen fy mrawddeg torrodd sŵn brefu ar fy nhraws a chlywais ogla gwahanol iawn – baw defaid a mwg egsôst car. O, na. Landrofar a threlar Wil Tyddyn Felog. Roedden nhw wedi prynu defaid gan Wil.

'Nain! Be' ydach chi wedi'i wneud? Pwy arall sydd yma?'

I ateb fy nghwestiwn clywais dwrw traed mewn welingtons yn dod ar hyd y llwybr tu ôl i mi a sŵn drws fan yn agor a chau. Roedd gen i ofn troi fy mhen ond pan wnes i gwelais arwydd ar ochr y fan mewn llythrennau breision: Fferm Frithyll a Physgodfa Glyn-y-Gors.

'Pysgod? Mi ydach chi wedi'u perswadio nhw i gael pysgod . . ?'

'Rhowch bysgodyn i ddyn . . .' cychwynnodd Ned eto.

'Cau dy geg, Ned.'

'Tships a ffish,' meddai Nain yn llawen.

'Ond . . .'

Cyn i mi gael cyfle i drio rhesymu hefo'r ddau ohonyn nhw, cefais weld yr un enfys ryfeddol ag a welsai Ned gynnau. Roedd hi'n olygfa anhygoel. Cychwynnodd fel pelen fach las yn uchel yn yr awyr. Yna dechreuodd y belen droelli a throelli fel pe bai hi'n casglu mwy o liwiau ac yn tynnu disgleirdeb yr haul pinc tuag ati. Daeth yn nes ac yn nes gan newid ei siâp o grwn i hir a meddal fel past dannedd yn cael ei wasgu o diwb. Wrth i'r enfys ddisgleirio a phefrio trodd yn hylifog a chyn iddi daro'r ddaear ffurfiodd y pridd pinc bowlen anferth gan dderbyn yr holl ddŵr oedd yn llifo ohoni. Diflannodd yr enfys mor sydyn ag y daeth gan adael llyn anferth o ddŵr clir, glân. Bagiodd fan Glyn-y-Gors at ymyl y llyn a gwagiwyd llond tanc o bysgod iddo.

Arhoson nhw i gyd ar yr wyneb am ychydig fel arian gleision cyn diflannu i'r dyfnderoedd.

Ysgwydodd y Jelygedyn mawr ei ben. Oedd o'n anhapus? Oedd o'n gwybod y byddai'r rhain yn bysgod byw? Crafodd ei ben igwana gwyrdd. Trodd at ei gyfeillion. Dechreuon nhw hymian ymysg ei gilydd a throdd y Jelygedyn mawr i gyfeiriad Nain.

'Na-în!' galwodd a gwneud stumiau hefo'i ddwylo fel pe bai o'n gwasgaru rhywbeth.

'Hadau,' meddai Nain. 'Am ryw reswm, mae o isio mwy o hadau.'

Yn anffodus doedd yna ddim llawer ar ôl ar wahân i ychydig o hadau letys yng ngwaelod y paced. Ond gloywodd llygaid y Jelygedyn pan welodd o'r rhain.

'Perffa-îth, Na-în,' meddai, a'i lygaid bach yn pefrio llawn cymaint â'r enfys gynnau fach.

'Ond i be' gebyst . . ?' ebychodd Nain.

Cyn i'r un ohonon ni gael cyfle i feddwl, gwasgarodd y Jelygedyn yr hadau dros wyneb y llyn mawr newydd. Wrth i'r hadau gyffwrdd â'r dŵr dechreusant egino'n syth bìn a ffurfio'n blanhigion dŵr rhyfeddol yr olwg, rhai pinc a glas a thyrcweis, yr un fath yn union â'r planhigion mewn tanciau pysgod trofannol.

'I – î – î,' gwichiodd y Jelygaid eraill, gan gymeradwyo a nodio'u pennau fel un.

Safon ni i gyd yno'n gwylio'n syn – fi, Nain, Ned, Ifan Siop Fara, Wil Tyddyn Felog a dreifar fan Glyn-y-Gors. Roeddwn i'n teimlo'n flinedig eto mwyaf sydyn a daeth andros o awydd am fynd adra drosta' i. Roedd llygaid Ned yn trymhau hefyd erbyn hyn ac roedd Nain wedi dechrau dylyfu gên yn slei gan roi ei llaw dros ei cheg. Edrychais ar bawb arall a theimlo fy hun yn ochneidio. Pryd oedden ni am gael mynd yn ein holau? Ac yn bwysicach byth, sut oedden ni am fynd y tro hwn?

10

Roedd hi fel pe bai'r Jelygaid wedi darllen fy meddwl. Efallai eu bod nhw wedi gwneud hynny go iawn, a dweud y gwir. Doedd dim byd yn fy synnu i bellach ynglŷn â'r lle od ac anhygoel yma. Daeth y Jelygedyn mawr at Nain a rhoi'i ddwylo ar ei hysgwyddau'n gariadus. Roedd ei lygaid igwana'n llawn dagrau, wir i chi.

'Amser i chîîî fynd adra, Na-în,' meddai.

Nid dim ond Nain, gobeithio, meddyliais. Pawb ohonon ni. Trodd y Jelygedyn ataf fi a dweud:

'Amser î bawb fynd.' Aeth ias i lawr fy asgwrn cefn.

'I – î – î,' cytunodd y gweddill.

'Dî-olch,' meddai'r Jelygedyn mawr. 'Dî-olch yn fawr î-awn î bawb am ein helpu nî.'

Roedd sŵn yr holl lythrennau 'i' 'ma'n gwneud i fy mhen i droi. Cribodd yr awel dros y llyn a gallwn daeru fod honno hefyd yn gwneud sŵn 'î' ysgafn. Roedd y pysgod newydd yn brigo

64

i'r wyneb bob hyn a hyn, yn bwrw'u tinau dros eu pennau cyn diflannu i'r gwaelod drachefn, yn union yr un fath â phe baech chi'n taflu darnau deg ceiniog i ffynnon. Roedd yr haul pinc yn isel yn yr awyr ac roedd fy amrannau i'n ofnadwy o drwm.

'Dwi isio cysgu,' sibrydodd Ned, ac am ryw reswm – dydw i'n sicr ddim wedi gwneud, nac wedi dymuno gwneud, ers hyn – gafaelais yn ei law am y trydydd tro'r diwrnod hwnnw. Roedden ni wedi cael andros o antur, wedi gweld gwledd o liwiau a digwyddiadau, ond fel pan ddaw pantomeim neu ddiwrnod mewn ffair i ben, roedd y blinder yn dechrau ein taro ni i gyd.

Gwnaeth y Jelygedyn mawr ystum crwn hefo'i freichiau. Dyma ni o'r diwedd, meddyliais. Mae o am i ni ffurfio cylch. Wn i ddim pam wnes i godi fy mhen y munud hwnnw a dal ei lygad, ond mi winciodd arna' i'n sydyn a chofiais fy mod i'n amau fod ganddo ddawn darllen meddyliau. Ond y tro hwn doedd o ddim yn brofiad mor iasol. Roedd o'n debycach i rannu cyfrinach gynnes hefo rhywun agos a daeth ton fach o hiraeth drosta' i yn sydyn wrth feddwl y basen ni'n eu gadael nhw'n fuan iawn. A theimlais rywbeth arall hefyd. Rhyw sicrwydd rhyfedd. Gwyddwn yn dawel fach na fasen ni byth yn gweld y Jelygaid eto. Daliodd y Jelygedyn mawr fy llygad am yr eildro fel pe bai'n cadarnhau fy amheuon i gyd. Y tro hwn roedd fy llygaid innau hefyd yn dechrau llenwi â dagrau.

'Welwch chî mohonon nî eto,' meddai, mewn llais fel gwynt isel trwy frwyn. 'Fyddwn nî ddim yn dod î'ch gwlad chî eto. Rydym wed-î dysgu llawer o bethau. Pethau da. Pethau ogla da!' Edrychodd ar Nain, a'i wên igwana'n lletach nag erioed.

Yna dechreuodd y Jelygaid i gyd glapio a gweiddi 'hwrê'. Nain oedd arwres yr awr. Roedd y pobydd a'r ffermwr a dyn y bysgodfa'n cymeradwyo hefyd fel pe na bai ganddyn nhw ran yn y llwyddiant o gwbl. Ond mae'n debyg eu bod nhw'n meddwl na fasen nhwtha chwaith wedi cael mynd ar y fath antur oni bai am Nain. Wedi'r cyfan, hi anfonodd y Jelygaid i chwilio amdanyn nhw.

Erbyn hyn roedd y Jelygaid lleiaf wedi bod yn rhoi trefn ar y cylch. Roedden nhw wedi gofyn i Wil a dreifar Glyn-y-Gors barcio'u cerbydau ochr yn ochr tu mewn i'r cylch. Aeth Ifan Siop

Fara i eistedd i'r Landrofar wrth ymyl Wil. Ffurfion ninnau'n tri gylch hefo'r Jelygaid a dechrau cyd hymian law yn llaw. Roedden ni'n dechrau arfer â hyn rŵan! Gallwn deimlo'r awel yn codi'n wynt cryf a gwyddwn y bydden ni'n dechrau troelli unrhyw funud.

Mae'n rhaid mai ogla jeli gosodd fy nhrwyn a gwneud i mi disian. Wrth wneud hynny, gollyngais law werdd y Jelygedyn a safai wrth fy ymyl. Heb i mi sylweddoli, roeddwn wedi torri'r cylch hud. Edrychais o 'nghwmpas a sylweddoli fod Nain a Ned a'r tri dyn yn y canol mewn rhyw fath o swyngwsg. Roedd hi fel pe bai'r Jelygaid yn eu hypnoteiddio â'u hymian isel. Doedd hyn ddim wedi digwydd o'r blaen. Yna clywais lais y Jelygedyn mawr:

'Pan ddeffrwch chî, fyddwch chî ddim yn e-în cof-îo nî. Bydd e-în gwlad yn dî-flannu o'ch meddyl-îau chî!'

'I – î – î,' adleisiodd y gweddill.

Ond doeddwn i ddim yn rhan o'r hypno-teiddiad. Cefais fraw ac ailgydio'n sydyn yn llaw'r Jelygedyn agosaf. O, na, meddyliais. Gallai hyn olygu na chawn i ddim mynd yn ôl adra . . .

Ac yna roeddwn i'n troelli, yn colli rheolaeth, fel pe bawn i'n disgyn oddi ar reid ffair i ryw wagle . . .

*   *   *

'Hei, chi'ch tri. Dydach chi erioed wedi bod yn cysgu yr holl amser y buon ni ym Mangor!'

Llais Dad. A Mam.

'Do, mae'n rhaid eu bod nhw. Dydw i ddim yn synnu chwaith yn y gwres canolog 'ma, a'r sgrin deledu anferth 'ma o'u blaenau nhw!' meddai honno.

Syllais ar y cloc. Tri o'r gloch. Dwyawr oedd wedi mynd heibio. Dim ond dwyawr, a ninnau wedi bod mewn gwlad bell yn addysgu cenedl gyfan o Jelygaid sut i fwyta'n iach.

'Wel?' meddai Dad. 'Ddaethon nhw?'

'Pwy?' meddai Nain, gan rwbio'i llygaid.

'Eich dynion bach gwyrdd chi!'

'Am be' wyt ti'n ei fwydro, dywed?' meddai Nain. 'Jôc oedd hynny, siŵr iawn. Gobeithio eich bod chi wedi dod â rhywbeth neis o'r siop gacennau i ni gael hefo panad!'

Sylwais ar Mam a Dad yn edrych ar ei gilydd a daeth gwên fach o ryddhad i'w hwynebau nhw. Doedd Nain ddim yn mynd o'i cho' wedi'r cyfan. Ond doedd hi na Ned yn cofio dim am y Jelygaid, roedd hynny'n amlwg.

Dim ond fi oedd yn cofio, oherwydd fy mod i wedi tisian a gollwng dwylo yn ystod yr hymian yn y cylch. Ynteu ai breuddwydio wnes i hefyd? Wedi'r cyfan, roedden ni'n tri wedi syrthio i gysgu gynnau, yn doedden? Suddodd fy nghalon. Roeddwn i'n siomedig. Roeddwn i isio i'r cyfan fod yn wir, hyd yn oed os na allwn i rannu'r profiad hefo neb arall.

Roedd Mam a Nain wrthi'n berwi'r tegell ac yn gosod cacennau ar blatiau tra oedd Dad wedi picio i'r sied. Am dorri'r gwair i Nain ar ôl cael panad, medda fo, cyn i ni i gyd fynd adra. Rhoddodd ei ben i mewn trwy ddrws y cefn.

'Rhyfadd,' medda fo.

'Be'?' holodd Mam.

'Dim golwg o'r menig garddio na'r fforch,' meddai Dad. 'Ac mi faswn i'n taeru bod gynnoch chi fagiad cyfan o gompost y tro diwethaf edrychais i.'

'Twt, chdi sy'n drysu,' wfftiodd Nain. 'I be' faswn i isio fforch a chompost a finna byth yn garddio? Chdi sy'n trin yr ardd i mi bob amser, 'te? I be' gadwa' i gi a chyfarth fy hun?'

Edrychodd yn slei ar Mam wrth ddweud hyn a
dechreuodd y ddwy chwerthin.

Y fforch. Y menig. Y compost. Yr union
bethau aeth hefo ni i wlad y Jelygaid. Cododd fy
nghalon ryw fymryn. Ac roeddwn i'n hollol sicr
nad breuddwyd oedd o wedi'r cwbl pan glywais
i eiriau nesaf Ned:

'Dwi isio mynd allan i helpu Dad yn yr ardd,'
meddai'n biwis, 'ond fedra' i ddim!'